JEAN-CHRISTOPHE
DELMEULE

Les aventures d'*Anad ECMO*

Tome 2

Anad ECMO
et
le Cercle de la Tortue

Editions *Peaux* FELINES

Du même auteur :

Disparue, 2002

La Captive des Galapagos, 2002

Cieux Mauves, 2008

Les Aventures d'Anad ECMO Tome 1

Anad ECMO et la Secte Vaglou, 2004

Pour vous procurer

ces ouvrages

adressez-vous à :

Editions *Peaux* *FELINES*
BP 192
59734 Saint-Amand Les Eaux
CEDEX

editions.peauxfelines@wanadoo.fr

Les aventures d'*Anad ECMO*

Tome 2

Anad ECMO

et

le Cercle de la Tortue

I

L'œil du dernier oiseau noir geais surveille avec méfiance le déplacement sinueux des marcheurs sur le chemin de halage.

Que faire ?

Le sol est incliné et l'oreille observe le clapotis de l'eau dans la noirceur de l'été. Cette durée qui apostrophe la nuit. Ce lent mouvement proche de l'immobilité. Quand les flamants roses jouent à poser sur les surfaces planes de l'ennui.

L'Espagne peut être livide, c'est vrai. Mais le marais du Romelaere aussi. Et les brumes audomaroises enveloppent les soupçons et les crimes. Quand le glissement des barques ondule les frayeurs du promeneur.

Le chien s'est trouvé un compagnon : un chimpanzé qui éructe et frôle les délices de l'âme. Ils tiennent de longues conversations décousues, enfin pour moi, étrange passant qui n'ai vécu ma condition de grand prêtre qu'une seule journée. Car tout, tout, a été trop vite. Ce tourbillon des flammes, ce raz-de-marée imprévisible. Comme si rien ne s'était produit. Ai-je simplement songé ?

A quelques encablures, cet océan qui limaille mes doutes, qui creuse le sable devant ma porte. Car je suis revenu chez moi. Aux seuils du sel, aux brûlures de l'œil. Seul. Bien sûr. Seul. Mes prêtresses sont dispersées. Enfin, peut-être. Pour le moment. Ou plus. Mon ancien métier me sera utile. Pour composer une chanson raisonnable. Un retour à la vie quotidienne. J'ai été emporté par la folie et par mon désir. Ce fichu désir qui triangularise mes opinions et souvent pense à ma place. Et aujourd'hui je promène mes souvenirs dans la région de Clairmarais, à observer les hérons et les grues. Me croyant seul, mais…

De retour ? Rituel raté respire le relent du rire.

Salut poulet.
Je vous manquais ?
Vous m'avez toujours manqué. Jamais touché.
Ah, je vois, le détour de la plaisanterie. La trouvaille littéraire. Le bon mot, en sorte.
C'est cela poulet le bon mot. Le mot magique qui fait trembler l'ordre et la police. Mon dieu, tant que cela ? Et oui, la recomposition anarchiste, le délire fouriériste, le flottement grotesque et épique. Le déchaînement lyrique.

Ben voyons, je savais vos neurones abîmés, mais à ce point là...

Il me sourit vaguement sans vraiment me regarder, pointant son ironie au-dessus de mon épaule. Il est mieux habillé que par le passé. Ses revers sont impeccables, sa cravate vert pâle. Il a dû obtenir de l'avancement.

Et quelques laps plus tard.

Vous savez, pour reprendre le cours de notre histoire, il nous manque un cadavre.
Oui, je le sais. Mais pas n'importe lequel.
C'est vrai nous avons fait dans le luxe, il faut tenir ce haut du pavé.
Une femme, magnifique et sensuelle.
Sexuelle.
Un acier trempé dans l'outrage.
Une déesse ?
Une diablesse, marquée de rouge et de carmin.
Ça vous reprend.
Et vous ?
Moi je n'ai qu'à dépendre de vos tracés.

Le chimpanzé décline ses oraisons en latin. Il a fréquenté un curé cultivé et connaît la bible sur le bout des pattes. La version de Jacques 1er.

Tu vois le chien, le drame des hommes c'est l'incertitude.
Moi j'appelle cela un manque de flair.
Tu vois le chien l'échec pour eux c'est l'amour raté.
Moi j'appelle cela un manque de paire.
Je vais me gratter.
Moi aussi.

C'est beau les animaux. Quand ils flirtent avec l'absolu des sensations.

Dites poulet. Oui ? Ce n'est pas un corps qui flotte dans le canal, ce reflet des dérives ? Ça y ressemble.

Une femme ? Possible. Ceci n'est pas une pipe. Et non. Dites, il y a une question que je n'ai jamais osée vous poser. Faites.
Votre femme, votre femme de policier ? Oui ? Á quoi ressemble-t-elle ? À rien c'est cela le problème. À rien ? Je n'ai jamais pu l'identifier.

Cette belle noyée aux regards de bruine est juste vêtue de l'ombre des branches de saules qui surplombent le canal. Entre choux-fleurs et poireaux la mort n'est pas très digne, elle prend même une odeur fétide. La parenté est végétale.
Mais cette fée qui nage serait sublime en tout lieu.

Malgré le regard ébahi de ce pêcheur de sandres et de brochets. Ses sifflements admiratifs et ses Mon

Dieu Mon Dieu, une si jolie fille ! Comme si Dieu était à lui et que la morte ou supposée telle avait décidé de lui offrir un spectacle. Et quel spectacle.

Je devrais le cuisiner comme témoin, l'envoyer en garde à vue, lui fermer la bouche. Je vais simplement lui confisquer ses poissons. Et je vous invite à manger ce soir.

Me familiariser avec un flic voilà qui me surprend moi-même. Je me laisse aller.
Bon à ce soir.

Ça copine dur, on dirait.
Ne sois pas vulgaire le chien, ne t'en prends pas à mon éthique. Et lui de rire, et tic et toc et tac, tu veux un Tuc ?
Il m'a invité à manger chez lui. Et quand et qui ? Le poulet. Oh tu sais un poulet qui apprête un poisson c'est toujours une histoire d'arête en travers de la gorge.
Et puisque tu as les mains pleines en voici autant pour ton imagination : Lordura avait une sœur. Une sœur, interloqué-je ! Oui, une sœur. Avait ?
A, si tu préfères. Prends l'annuaire électronique et tu trouveras son adresse.

Lordura ! Une sœur ! Quelle monstre[♠] vais-je découvrir ? Et comment une mère a-t-elle pu donner naissance à de telles femmes ?

Cette Ophélie faisait-elle partie de tes fréquentations ?

Oui le chimpanzé j'en ai bien peur.

À quoi le sais-tu ? A ce léger creux sur le haut des fesses. Cette ponctuation du vice. Il n'y en a qu'une pour arborer cette signature.
Tu l'as connue où ?

A Barcelone, sur les Ramblas.

Elle marchait comme on enfonce des aiguilles sur la peau des tatoués et son odeur sillonnait mes narines.
Vêtements ?
Haut latex, croisé sur cœur, jupe collée, bottes enrobées sur le genou, talons démesurés. Et un torque doré enserrait son cou.
Le premier soir elle m'a demandé d'enlever les étoiles du ciel, de dérober ce minuscule triangle de soie orangé et d'épancher ma soif dans des mers puissamment salées.

[♠] Quel au féminin devient Quelle, forme attestée dans le Grammaticum Romanciarum.

Une nomade ? Une nomade en saveurs.

Mais voyez-vous Anad, elle est curieusement posée pour une amoureuse. Elle n'a pas l'air en bon état. Et non, que voulez-vous, encore une que j'ai perdue.
Je vais rendre visite à une vieille connaissance…

II

Ses doigts de sorcière ont la danse torturée des amateurs de courbes. Et les foulards multicolores qui enrobent sa taille et ses épaules de diseuse de bonne aventure me font penser à cette chiromancienne de Madrid.
À ce périple qui m'avait conduit aux Abencérages de Grenade. Il faudra revenir en Andalousie pour questionner le temps, sentir les fumées sur la brûlure des pailles, palper les vagues de chaleur sur la route de Séville. C'est ce qu'elle me confirme, au plus profond de sa voix éraillée et de ses yeux de possédée :

C'est à Barcelone que tu l'as rencontrée mais à Séville que tu l'as baisée. Baisée ? Et bien oui baisée, niquée, tringlée, harponnée, défoncée enfin. Tu es devenu pudique ou quoi ?
J'ai toujours été pudique. Mais c'est vous qui me surprenez, je ne vous avais jamais entendue parler de la sorte.
Tu n'aimes pas ma vulgarité, c'est de la douceur. Tu n'aimes pas mes crudités c'est du bonheur. Tu veux du saké ?
Du saké, non. Je dois partir là-bas.
Et ma vulve, et ma vulve tu veux la sucer ?

Pas tout de suite, peut-être une autre fois.
C'est quand tu veux, la porte t'est grande ouverte.

Elle en rit. Aux larmes, en soulevant les pans de sa jupe.
Et n'oublie pas d'embrasser mon balai, petit con ! Impuissant va !
Je lui réponds, juste pour lui faire plaisir et lui montrer que je maîtrise aussi l'art de la Rhétorique. Va donc Salope ! Elle enchaîne : et ta mère, elle boit le facteur !
Est-ce une métonymie ? Que ne faut-il pas faire pour obtenir un renseignement si fumeux soit-il ?

Mais j'aime Séville et l'Andalousie.

III

L'Embalse pose ses eaux calmes mais muettes devant les œillades de l'aube. J'ai dormi près du barrage et observé ces effilements lumineux dans le circuit du ciel. Un avion, une étoile filante, un éclair mordoré sur la peau de l'ombre.

Deux amants noctambules ont caressé la chance à quelques pas de moi. Ma présence ne les a pas gênés. Ils ne m'ont pas vraiment vu. Sans doute qu'à ce moment là j'étais invisible. Et que je dérivais en rêveries érotiques, mon lieu de prédilection.

Pas de chien, pas de singe, pas de poulet. Juste ce tracé de la mémoire sensorielle quand elle dessine sous la paupière des esquisses amoureuses.

Oui, cette femme là je l'ai aimée, à en fendre l'âme. Oui, nous avons donné à nos corps de sérieux moments inflexifs, criailleurs, superposés aux étanchéités de la peau. Elle murmurait des poèmes aux couilles de l'amant. Et celles-ci répondaient en riant qu'il faut aux hommes de la sapidité.

As-tu du feu Hombre ?
Oui.

Tu sais les bœufs ne boivent jamais la même eau.
Ça me rappelle quelque chose : *On ne se baigne jamais dans le même fleuve…*

Bon tu as l'air cultivé il va falloir varier mes effets si je veux te taxer une cigarette.
Non il faudrait plutôt que je me mette à fumer. Mais rassure-toi j'ai toujours des cigarettes et un briquet. Au cas où.
Au cas où ?
Certains se promènent avec des préservatifs, moi c'est avec du tabac. Une certaine vision du plaisir. D'ailleurs tu verras que mon briquet est un hommage au corps féminin.
Tu n'es pas que cultivé tu es tordu aussi.
Je ne suis pas le seul.
Donne-moi une cigarette et du feu alors.

Tu dors ici ? Et bien oui. Ça me semble même évident. Et tu vas où ? À Séville. À Séville ? Oui, un meurtre à élucider. Un meurtre !
Oui un meurtre. Celui d'une femme que j'ai beaucoup aimée. Chaque fois que je l'ai rencontrée elle portait des vêtements de plus en plus courts. Une variation géométrique. Deux extrêmes qui se rejoignent.
Et elle est morte ?
Alors les extrêmes se sont touchés. Et son corps a disparu dans la nudité. Une femme n'est jamais nue. C'est vrai. Ou alors toujours.

Qui était-il cet homme croisé dans l'espace d'un moment ? Où allait cette fumée bleue qui sortait de sa bouche et jouait avec ses lèvres ? Et que sont devenus ces jeunes amants aux ébats déliés ?

L'orage qui a démesuré l'espace est propre à cette Espagne de la folie. Celle de Cervantes et de ce mage cavalier qui comme moi chassait les images.

Mes moulins sont de chair et les porteuses de farine ont la peau délicieusement granulée des cuissons à la pierre.

IV

Le Guadalquivir se paresse comme une langueur mâtine. Si ce n'était toutes ces capotes usagées éperdument ennoblies de gestes sans suites mais non sans traces. J'ai vu ce défilement des voitures ce morcellement du désir cette procession homosexuelle de l'apparence.

J'ai attendu que Mario vienne chercher sa proie. Pour l'aborder. Lui parler. L'attirer dans ce regard dont il n'a jamais aimé le point de fixation. Il ne m'a pas vu depuis deux ans, mais sa rétinc a la mémoire rapide.

Anad, viens-tu me faire encore souffrir ?
Tu souffres parce que tu le veux.
Je le sais, je le sais, mais c'est quand même toi qui me fais souffrir. Pourquoi aimes-tu tant les femmes, ces dégénérées du sexe, ces petitesses de la pensée du mâle, ces dévoiements de ta force ? Sois puissant et libre, cesse de traîner derrière celui des femelles. Change de bord. Aime-moi.
Ne rêve pas.
Visiblement tu ne comprends pas la parole des amis ; dis-moi ce que tu cherches à Séville.
Une femme justement.

J'aurais dû m'en douter. Pécheur invétéré. Petit homme désespérant.

Cesse de prêcher. Ou tu m'aides ou tu te tais.

Va. Je t'écoute. Profite de ma mansuétude andalouse. Et je range mon petit cul déçu.

C'est cela range et écoute.

Erika.

Oh non, pas elle !

Ecoute bon sang !

Oui, j'écoute, mimiquement exaspéré. Horriblement consterné. Tu t'es toujours trompé sur elle. Tu voyais une princesse, elle n'était qu'une pouffiasse. Elle te mentait, te menait par le bout de ton nez, charmant d'ailleurs, arqué comme celui d'un aigle. Ah si tu voulais me rapacer.

Revenons à Erika.

Oui.

Quand l'as-tu vue la dernière fois ?

C'est récent, il y a trois jours.

Trois jours !

Oui, qu'est-ce que cela a de surprenant ?

Elle est morte.

Mon Dieu ! Si j'osais j'applaudirais ; mais je ne touche pas à ta peine. Et de quoi est-elle morte cette si plaisante nature ?

Je ne sais pas. Elle était nue dans un canal, près de Saint-Omer. Visiblement passée de vie à trépas. J'en saurai plus après l'autopsie.

Tu les autopsies maintenant ?

Non, pas moi. D'autres qui cherchent aussi à comprendre sa mort.

Pourquoi là-bas ? Dans ton pays ?
Justement, si je le savais je ne serais pas ici.

Tu crois trouver la réponse à Séville ?
Je l'ignore.
Dis-moi par où commencer ?
Va au « Chien qui fume ». Elle y traînait tout le temps, pour lever ses pigeons. Si tu vois ce que je veux dire.
Je vois très bien. Epargne-moi tes sarcasmes.
Ce ne sont pas des sarcasmes, ce sont des allusions au cœur tendre. Reviens avant deux ans.

J'essaierai. Avec un meilleur motif.

V

Le « Chien qui fume » est réservé aux habitués, dont je ne suis pas.

Des femmes qui ne doivent être majeures que depuis ce soir dansent dans des robes qui travaillent à mettre les poitrines et les fesses en exposition universelle. Damned ! Rouge et Noir le sourire des cruelles a des élancements assassins.
Elles savent en jouer de leur souplesse et de leurs appâts ! De vraies professionnelles de la séduction. Aux corps dépliés et aux mains soigneusement ourlées de bijoux venin. Je suis sûr que le poison est caché dans la bague et sous le tissu la peau légèrement huilée pourrait faire périr les prisonniers de leur songe.
D'ailleurs ils n'ont pas l'air très frais, les poissons dans la nasse. Mains et langues, cuisses en feu, tournoiement de promesses jamais tenues. Se faire plumer un peu ou beaucoup c'est selon l'attraction. Newton avait bien raison de croire expliquer le monde à partir d'une pomme. Fût-elle en or.

Guitare. Mais jazzée. Sangria. Mais à l'alcool exacerbé. Moulure. Ne pas oublier que j'enquête.

Mais plaisir et travail, immersion au plus profond des êtres. Celui là se prénomme Sandra, très typique. Elle est blonde, grande, et me pose cette question fatale :
Vous aimez les jupes ?
Je dois être transparent.
Je les adore : mensonges éhontés, sinuosités de l'abîme, couvertures du mystère.
Elles sont le filet de salive dans la bouche de l'esclave, l'étranglement du condamné, la perte de la tête du passionné.
Poète ?
Non, détective à mes heures, grand prêtre à d'autres. Mais cela c'est une histoire un peu confuse.

Alors regarde, man, regarde, ce sillon des muscles, cette tension de la cuisse, ce rebondissement des fesses.
De quoi parles-tu ? De ma fleur assoiffée.
Décidément de la sorcière pythique à mon ami homosexuel en passant par cette endiablée de la beauté, les mots se croisent et les jambes se dé...
Combien, dis-je sceptique ?
Pour toi ce sera gratuit. Partons d'ici.

Dans les ruelles tortueuses elle s'est mise à chanter et à danser et j'ai cru que sa jupe allait devenir un foulard autour de sa nuque.
Jamais je n'ai vu de parure aussi soyeuse ni de lèvres aussi pulpeuses.

Toutes m'ont capturé et toutes m'ont enivré. Nous avons enlacé les souffles intimes de la nuit et plongé dans les spirales de l'envie. Le chorégraphe du plaisir avait dessiné des torsions joyeuses aux extractions ultimes. Et quand je me suis réveillé dans une chambre aux meubles presque enfantins, je me suis dit que les Levantins nous avaient envoyé leur espionne la plus satanique.

Puis le paradis est devenu enfer, et deux hommes ont fait irruption, m'ont cagoulé, et assommé, je me suis souvenu de séances anciennes et j'ai eu peur pour elle.
J'avais raison.

Ils l'ont clouée nue à des poteaux de couleur.

VI

Les prisons se ressemblent toutes. Celle de Séville a des relents d'urine et de colère. Et ma solitude fut de courte durée. Les barreaux noirs et les marques sur les murs. Cette image d'elle obsédant ma patience. Ses mains et ses pieds transpercés, son dos marbré et son ventre blessé. Elle portait autour du cou sa jupe en collier. J'ai su qu'elle était morte asphyxiée.

Ah, piège paginé répugne à celui qui pige.

Vous devriez me remercier de vous faire sortir de là. Je leur ai expliqué que les femmes mouraient encore plus vite quand vous étiez enfermé. Celle-là vous la connaissiez ?
Non.
Non ?
Enfin si.
Ah vous me rassurez.
Je l'ai rencontrée au « Chien qui fume ». Elle vous a dragué ?
Oui.
Vous a fait découvrir les délices de la chair ?
Oui. Puis plus rien.
Vous êtes le plus mauvais détective que je connaisse. Aviez-vous remarqué qu'elle portait des lentilles de

couleur ? Non. Qu'elle se colorait les cheveux ? Non.
Et ce signe tatoué sur son épaule, vous l'avez bien vu, quand même. Non.
À quoi sert de passer une nuit avec une fée pour ne rien remarquer de ces atours ? J'étais occupé. Vous ne pensez qu'à vous.

Regardez cette lettre que nous avons trouvée chez elle. Dans une maison à la campagne. Je vous la ferai visiter si vous le souhaitez. La vue est magnifique. La piscine très bien exposée.
Je ne suis pas très sûr d'être intéressé.
Vous avez tort, vous avez tort.
Vous seriez peut-être moins nocif dans l'immobilier.

Le soleil arrache mon œil et ma mémoire.

C'est une épine dans mon cerveau de feu, un pieu dans mon dos. Un déchirement maudit.

Un tableau ?[1]
Non je ne crois pas.
La sculpture, le cinéma, la littérature ?

Non, je vois plutôt un jeu de références. Une mise en scène.

---

[1] Dans le premier Tome *Anad Ecmo et la secte Vaglou*, les femmes assassinées figuraient toutes sur le même tableau.

La première allongée dans l'eau. La deuxième étirée sur la croix de Saint-André. Rimbaud, bien sûr.
Et pour la première ? Hugo, peut-être. Shakespeare ?

Vous pouvez rentrer en France si vous demeurez sous ma surveillance.
Vous êtes bien bon mon seigneur.
A tout saigneur tout honneur. Nous partons quand vous le voulez.
Je voudrais voir sa maison.
Pas de souci. J'ai loué une voiture.
Climatisée ?
Climatisée.

Ces routes étrangement sauvages où se mêlent la terre et le vent. Ces tracés rectilignes qui cicatrisent la pensée. Ces flammes féroces qui brûlent les chaumes des tournesols.

J'ai reçu un message du chien.
La sœur de Lordura est à Arcos de la Frontera.
Coïncidence ?

Et la lettre :

Erika chérie aux fossettes amies

Les hommes sont des chiens qu'il nous faut bien fréquenter. Cette nuit celui-là avait un accent allemand et m'a frappée. Je n'avais pas voulu lui

donner ce qu'il exigeait. Pantin ridicule. Saloperie de brute épaisse. J'abhorre ces cochons ignobles qui ne pensent qu'à leur queue. À leur désir et à leur satisfaction. Mais ils sont trop bêtes pour être satisfaits un jour. J'ai tué mon père ; toi, tu le sais. D'un coup de couteau dans la gorge quand il dormait. J'ai tué mon premier amant ; ça tu l'ignores. Du même coup de couteau. Enfin j'ai tué ce flic qui voulait faire de moi sa prostituée. Mon corps n'appartiendra jamais à personne. Là où je vais aucun homme ne peut me suivre. J'ai cette pensée des nuages qui traversent le silence. Seule toi, mon amour peut comprendre cette rage de vengeance que je ne pourrai pas entièrement assouvir. Je pars demain pour la France, car je sais que mon violeur doit s'y rendre. Collioure est un charmant village où le sang va couler. Ce sera mon hommage à Machado.
Je t'embrasse aux intimités d'un paysage coloré et si doux...
Pourquoi es-tu partie ?
Je t'aimais. »

Arcos jette ses charmes sur le rocher qui surplombe le vide.
Cette blancheur apostrophée, ce jeu de l'ombre et de la lumière aux fraîcheurs du granité. Je me souviens de toi dans cette atmosphère étouffante. Toi superbe dans la voix des chanteurs de Flamenco. Toi moulée dans cette robe aux fleurs d'argent.

Toi aujourd'hui morte, à deux pas de ma solitude.

Tes reins swinguaient leurs illusions sur des rythmes brésiliens. Ouverte aux délices tu entourais ma tristesse d'une Milonga aux parois tendres.

J'ai bu avec toi plus de litres de Jerez que la raison peut en compter. Et j'ai chaviré en plaisir dans des ivresses un peu jalouses.

Ainsi Sandra t'aimait.
Et moi donc.
Qui dessinais sur ton corps des arabesques endiablées. Et écrivais ces mots violents qui faisaient de toi cette bitch, cette slut, cette whore aux échos sadiens. Internet nous a communiqué sa langue. Et elle est faite de pleins et de déliés. Mais moi, pour rien au monde, je ne t'aurais tuée.

VII

C'est ici que vit la sœur de Lordura. Lordura !?! Ce monstre tué de soixante douze balles plus quatre. Les quatre que j'avais tirées dans sa carcasse en pleine charge. Quant aux autres !

C'est une hacienda retirée, à la piscine chargée de paillettes, aux entours de boiseries ciselées. Sur les marbres des cœurs de tulipes et de roses. Des griffons sculptés sur la pierre. Un ours qui fait l'amour avec une femme obèse. Un âne qui coquine une servante. Et un crocodile joyeux qui croque des adolescentes.

Quel style !
Le poulet n'a pas l'air impressionné.
Vous devez vous sentir chez vous ici, non ? Des scènes d'amour et de flagellations, de tortures et de débauches, c'est pour vous ou je ne m'y connais pas.

Une jeune fille apporte un plateau au jus de fruits multicolores. Elle se tient droite dans sa robe noire et son tablier blanc. Ses lèvres sont cernées d'un trait marron qui enveloppe des colorations purpurines.
Et là le choc.
La sœur, mais quelle sœur !

Si Lordura mimait l'éléphant, elle, côtoie la libellule. Si la première se déplaçait en soufflant et en éructant, la seconde vole sur le carrelage soudoyé.
Si l'aînée évoquait la terreur, la cadette respire l'innocence.

J'entends la voix du chien qui murmure ses imprécations et enrage de me voir aussi naïf.

Le poulet est bouche bée. Moi, interdit. Elle, le sait. Profite de cet avantage.

Je peux vous être utile.
Utile ?
J'aurais bien envie de lui susurrer des allusions perverses, de lui suggérer des poses moins candides. Mais je n'ose pas. Pas encore.

Elle porte un chemisier transparent, vaguement posé sur des épaules brunies, et une dentelle de Bruges. Et cette jupe évasée, ce profilement de l'infini, ce dessin mobile et souple.

Utile, utile, c'est une longue histoire ou plutôt deux et nous ne savons pas vraiment si elles coïncident.
Vous n'êtes pas très clair, monsieur le policier français.
Il est toujours comme cela. D'habitude ce sont les corniauds qui l'aident à résoudre les énigmes. Ou les prêtresses Sârs.

Elle hausse le sourcil comme lorsque l'on regarde un insecte mutilé traverser une autoroute.
Mais il y a ce voile dans le regard. Elle est bien la sœur de Lordura. Cette lueur malicieuse, ce mensonge à peine dissimulé. Elle aussi doit vendre des armes aux pays en guerre et traiter d'étranges affaires.

Des deux morts elle ne sait rien. Ou ne veut rien en dire. De sa sœur elle regrette les tartes Tatin, qu'elle confectionnait si bien.
Une sœur si admirable, si dévouée. Don au Rwanda, association en Birmanie, commerce équitable. Une femme comme on en voit plus.

Quelle garce ! Mais quels yeux ! Et quelle poitrine. La volupté a trouvé son terrain de jeu. Et moi je profite de l'instant, infructueux sous tout autre rapport.
Messieurs je ne vous retiens pas.

Elle s'est foutue de nous.
Et oui, mais quelle douceur dans la cruauté. C'est une mante, une dévoreuse, une allumeuse… Flic, il faudra quand même me présenter votre femme un jour.
Curiosité malsaine croise les médiocrités croqueuses de manies.

C'est vrai.

VIII

La nuit a voilé les champs d'un soupir de douceur. L'acuité du jour a cédé la place aux mouvements du félin. Qui chasse, qui scrute et déploie son échine et ses griffes sur des terrains factices. Cette souris je l'attends, je l'observe derrière les fenêtres.

Elle s'est changée. Longue robe fendue jusqu'au cerveau du mateur invétéré que je suis. Talons immenses et lacets jusqu'au milieu de la jambe. Et luit ce petit triangle blanc immaculé qu'elle montre avec indifférence. Son boléro est ouvert. La jeune domestique lui a servi un martini. Un vrai, avec l'olive. Mais au lieu de partir elle se met à genou et enfouit sa tête entre les cuisses de sa maîtresse.

Soubrette et sœurette vont en bavette.

Ne soyez pas vulgaire. Que faites-vous là ?

Comme vous, je reluque, je questionne, j'étudie le fin fond de la chose. Saviez-vous que mater vient de l'espagnol matar, qui signifie tuer ?
Et pourquoi soudain a-t-elle giflé la jeune femme ?
Et pourquoi a-t-elle joué de sa cravache sur le corps de celle-ci ?

Et bien, elle a le sang chaud, dirait-on.
Nous n'en verrons pas plus. Pour aujourd'hui du moins.

IX

Personne ne fut surpris quand on retrouva le corps de la jeune employée. Attachée à un arbre elle avait été fouettée à mort. Marbrures, brisures. Longues blessures déchirant la peau. Une peau de velours et de soie. Une plage silencieuse peu à peu recouverte par l'ombre menaçante des nuages.

Personne ne fut surpris d'apprendre que Natacha, la sœur de Lordura avait disparu. On a découvert chez elle des fusils à pompe et des mitraillettes, de la drogue et des films pornographiques. Des coffrets emplis d'yeux d'oiseaux ou d'enfants. Des osselets indiens et une amulette suédoise.

Natacha était née en Ukraine, avait grandi en Allemagne, puis vécu à Paris. Un poète fou lui avait consacré une ode avant de se suicider par amour. Je crois que tous les hommes d'Andalousie et peut-être d'Espagne ont pleuré sa disparition. Mais son corps n'a pour le moment pas été retrouvé. A-t-elle fui en Amérique du Sud ou au fin fond de la Thaïlande ? Vit-elle à Paris ou est-elle morte elle aussi ?
Pour l'instant nous n'en savons rien.

X

Le chien est un ami affamé. Il préfère attendre mon retour, m'annoncer le départ du Chimpanzé pour la Chine, surveiller la maison. Ce soir il a l'humeur philosophique des bâtards qui ont trop vécu. Il a sorti une paire de bas aux dentelles ciselées, un collier en cuir dressé de pointes d'acier, les menottes, la ceinture signée de son nom. Pas le sien celui de Miss.

Nostalgique ?
Non, écœuré par l'absence d'esprit des hommes. Enfin la tienne. Que croyais-tu trouver en Espagne ? Deux cadavres ce n'est pas si mal. Sans compter une disparition. Ils n'ont peut-être pas de rapport avec le premier. Ben voyons. Erika et Sandra travaillaient au même endroit. Quel rapport avec Natacha ? Je l'ignore. Je cherche.
Et Miss ?
Miss s'est évaporée. Avec les prêtresses.
Elle t'a laissé le poignard ? Oui.
Ne t'a pas écrit de message ? Non.
Elle t'aimait ? Oui.
T'obéissait ? Oui, mais tu vas poser combien de questions de ce style ?
J'ai fini. Excuse-moi mais tu es trop con.

Tu l'as déjà dit.
Je suis sûr qu'elle t'attend.
Où ?
Je l'ignore. Il doit y avoir un lien logique. Retourne voir la sorcière.
Elle est folle.
Oui mais ses visions ont du bon.

XI

Ses yeux révulsés ont ouvert sa langue sur des précipices infinis. Elle chante. Elle psalmodie.
Les escarres
Les échines
Les épines
Les esquisses
Les copines.

Les copines ?

Les copines
Les rapines
Les alpines
Les lapines.

Les lapines ?
C'est une anagramme ?

Tais-toi. Je cherche le mot juste. Si tu m'interromps tout le temps je ne trouverai pas.
Si c'est pour m'envoyer en Espagne et y découvrir deux cadavres.
Les ondines
Les comptines les coupables, j'approche.
Vous approchez ?

Les coupables
Les comptables
Les étables
Les… Les …

Je suis suspendu à sa bouche comme un lièvre aux pruneaux.

Les… Les…

Ça va sortir, elle entre en transes, tremble de tous ses membres et hurle :

Escarbille ! Escarbille ! Escarbille !

Puis s'écroule sur le sol avec un filet de bave aux coins des lèvres. Je sais par expérience que je ne pourrai plus rien tirer d'elle avant des heures, que je vais la retrouver soûle et qu'en plus elle aura tout oublié. Mais escarbille ce n'est pas si mal, après tout.

Cela plaît bien au policier, adepte avéré de jeux de mots et d'associations homophoniques. A la suite de la voyante il décline :

Escarbille abolit les bisbilles du billot.

Si vous le dites.
Mon père était boucher.
J'ai déjà lu cela quelque part.

Boucher et fier de l'être. Alors le billot.

En quoi nous progressons. On progresse forcément. Nous ne sommes plus au même endroit que tout à l'heure, et les propos de votre sorcière me semblent limpides.
Limpides ! ?
Je vous explique : les copines sont lapines, ondines et coupables.
Et coupables de l'escarbille.

Etymologiquement escarbille est un mot qui vient du wallon. Et s'il y a wallon ce n'est pas pour autant qu'il n'y a pas de plaine. Vous me suivez ?
Non.

Il faut chercher du côté de la Belgique et aller au charbon.

XII

La mer s'est couverte d'un manteau d'argent, luisant comme la polissure des âmes au plein cœur de l'enfer. Un barquier plante ses rames dans la houle et fait glisser son embarcation sur le tapis lisse de l'eau.

Je suis debout à observer les sternes et les rieuses en goguette. Plus une joggeuse blonde et sa caniche royale.

Le chien regarde la scène d'un œil désabusé.
Si ce n'est pas malheureux. Qu'est-ce qui est malheureux ?
Cette caniche aussi flamboyante que sauvage. Cette longiligne puissance qui crie à l'amour. Ce déplacement de mon regard vers un abîme de souplesse et de liberté. Altière, tout simplement altière.
Tu n'étais pas amoureux ? À qui le dis-tu. Mais d'une part j'ai perdu ma mie et toi ta Miss, et d'autre part je n'ai jamais remarqué que quand tu étais amoureux cela te privait de river ton œil sous d'autres auspices captivants.
Par où commencerais-tu ?
Par la mine.

Je chercherais une mine et ce n'est pas ce qui manque dans la région. Mais excuse-moi. Je dois m'absenter. Ah corniaud quand tu pistes la caniche tu n'es pas le plus concentré des amis.

Une mine pourquoi pas. Mais laquelle ? Il faut que je contacte Barbara. Elle travaille dans le secteur du tourisme, et je sais qu'elle veut faire des anciennes mines un pays de loisirs et de détente.

Barbara est allemande par son père, ivoirienne par sa mère, amoureuse par ses pistils. Elle écrit des romans, cuisine comme une déesse et porte son corps comme un collier au cou d'une danseuse.

Elle me sourit, tend la main et m'interroge. Aimes-tu ? Toujours, et quand je te vois je sens l'amour décupler. Non je parle de mes ongles.

Ses ongles ?

Immenses, courbés, acérés. Elle pourrait trancher le pain si cela ne portait pas malheur, aveugler un ange, griffer la joue du possédé. Celui qui l'a vue ne peut en sortir indemne ! Quand le regard est une collision !

Une mine ? Elle m'explique que c'est compliqué. Ces filles mortes auraient en commun un trajet souterrain, un cousin mineur, une attirance pour le

fond ou le souvenir partagé d'un coup de grisou. Mais de quelle mine s'agit-il ? En France, en Espagne ou à Valparaiso ?
Il y a des mines à Valparaiso ? Je n'en sais rien mais pourquoi pas.

Elle se lève.
Sa robe libère les volutes évanescentes du brouillard sur mes rêves.
« S » est sa silhouette. Rebondie comme ces fruits mangues juteuses sous la langue. Ses cils clignent. Ses yeux brillent. Comme il est bon de se faire piéger par une fée quand sa baguette a des allures trotteuses de cuisses endiablées.

Et miracle, quand je me réveille elle n'est pas morte.

Simplement un petit mot tendre aux évocations libidineuses.

XIII

Le chien sourit.
Toi tu as découvert quelque chose d'important.

Mais non, j'ai vu un cuisinier faire une sauce hollandaise sans bain-marie. C'est tout.

Sans bain-marie ?

Sans bain-marie. Qui au demeurant était juive et alchimiste, comme chacun le sait.
Le chien, ton érudition devient exaspérante. Et peut-être inutile.
Tu me sous-estimes. Tu projettes tes propres petitesses d'homme. Depuis que vous en êtes réduit à vous déplacer sur deux pattes il vous manque l'équilibre. Et vous vous vengez.
Si tu es si malin dis-moi où trouver Natacha.
Là où Barbara a projeté une ombre. C'est aussi simple que cela. Aussi simple ?
Plus tu fréquentes les femmes plus tu les méconnais. Et comme disait Confucius : ne crains pas d'être méconnu des hommes, crains de les méconnaître.

Une ombre ? A part celle de sa fluidité et de son magnétisme, je ne vois pas. Et pourtant. Le seul lien qui relie les différentes femmes assassinées, c'est elle et elle seule. Et ce lien finalement renvoie à moi.

Centre serti de certitudes ne sert qu'à sillonner les serres du silence.

Allons au musée.
C'est beau la civilisation minière. Les casques les lampes les wagonnets les ascenseurs les enfants qui triment les femmes qui trament et le grisou le vilain grisou qui bout et qui met le feu.
Vous avez lu Germinal je suppose ? Comme tout un chacun. Savez-vous combien de fois le mot « cloué » est utilisé ? Mon Dieu non ! Sept fois. Et « fouet » 14, et « noyé » 22. Finalement c'est peu.
Mais ça nous avance à quoi. À rien. À bon, je me disais aussi.
La clé de l'énigme si tôt, c'était étonnant.

XIV

Les cartes postales vivent de l'errance des mots et de l'exil des hommes.

Elles voyagent en étoiles comme les rayons d'une roue dont le cœur se décentre en permanence.
Elles spiralent et respirent le souffle des absences.
Un tableau un port un monument une plaisanterie une femme nue sur la plage qui porte en salaces les délires mammaires ou la générosité fessière.
Elles tremblent auprès des lettres se heurtent aux impatiences mais divulguent à leur rythme les mélodies lointaines.

Je viens d'en recevoir une.

De Rhodes.
Mais postée à Lecce. Elle parle d'une maison nommée Theou, d'un citronnier jauni sous le soleil et surtout d'un Kilim aux senteurs anatoliennes.

Il n'y a à mon avis que mon passé qui me connaisse aussi bien. Moi j'en ai oublié l'essentiel.
C'est un retour de mémoire. Signé *Ton épistolaire à six coups.*

N'oublie pas le corset de fer
L'ossature de la peine
Le jeu des sourciers quand leur eau est rougie
Et que l'âme des esclaves s'insinue en plaisir

Je sais qui a pu écrire ces lignes, car une seule personne peut soutirer aux vers l'ondulation de la stridence. Mais je ne comprends pas comment cela est possible. Il s'agit bien sûr de ma servante attitrée.

De celle qui m'a appris que j'étais grand prêtre Sârs et qui ensuite disparut sans autre forme de procès. En quoi cet envoi peut m'aider à comprendre ce qui s'est passé depuis l'éclatement de la secte Vaglou ?

En quoi éclaire-t-il les nouveaux meurtres qui jalonnent ma route ? Il y a donc forcément une logique et cette logique est peut-être celle d'une soumission inattendue. J'ai pris une mauvaise habitude. Croire que le monde des femmes m'était offert en cadeau.

Le chien me regarde d'un air attendri. Moi aussi j'ai des nouvelles fraîches. Tu vois, je le savais, elles ne nous ont pas oubliés. Elles ont sûrement une bonne raison. En tout cas je n'y comprends rien. Ce n'est pas nouveau. Dans ton cas il s'agirait plutôt d'une constante. Mais si tu veux un conseil cherche le lien entre Barbara, l'Italie et la Grèce.

Barbara n'est pas au musée. Son assistante me suggère de me rendre au puits numéro quatre. Avec des airs de conspiratrice elle me fournit une clé, un sourire à faire tourner la soupe de poisson et un baiser sur les lèvres. C'est un acompte. Quand vous reviendrez je vous donnerai le solde.
Le solde ? Sa jupe est brodée de petits filaments dorés et cette échancrure ouvre des panoramas insatiables aux regards ébahis du captif des rêves.

J'hésite à réclamer mon dû immédiatement mais je ne dois pas oublier pourquoi je suis venu ici ; Ah Barbara il pleuvait sur Lens et les porches ne t'abritaient plus.

Il faut tendre le chemin vers sa destinée, suivre la cendrée qui s'enfonce dans les herbes, ouvrir une première grille, arpenter le coteau et suspendre à ses doutes l'ombre du terril. Puis c'est une autre grille, un puits fermé par une lourde ferronnerie.
La clé fait son office. Et je découvre un vieil ascenseur aux rouilles patinées, au plancher usé de mille pieds chaussés de fatigue et de nuit. Ce bruit qui évoque la plainte des fantômes dans la forêt un soir de brume, c'est celui de la machinerie qui grince et griffe le vide de ses balancements maudits. Combien de mètres ai-je parcourus ?
Et l'obscurité impose sa loi aux contours de l'oubli.
L'arrêt est brutal.

Et devant moi s'ouvre une galerie noire comme la robe des endeuillées. Mais un fil lumineux me guide comme celui d'Ariane auprès du Minotaure. Faut-il encore des vierges pour satisfaire un monstre inconnu et vorace ? Et qu'est-ce que je fais en ce monde souterrain ?

Avançons puisqu'il faut avancer. J'entends le bruit d'une source, la mélopée d'une voix douce et suave, et le claquement d'un ordre sur une langue catégorique.

À genoux, pécheresse, à genoux.
Et soudain je découvre le spectacle d'une caverne illuminée par des cierges géants.
Une femme nue aux seins délirants de générosité et de lourdeur joue d'un fouet que personne n'oserait utiliser sur un cheval. Mais l'animal à dresser est une autre femme. Jeune, elle aussi nue et lisse, attachée à l'un des pitons forgés. Des statues de marbre représentent des déesses saphiques. Des pinces viennent étirer la poitrine de la jeune soumise. Et le fouet fait son travail, dans les cris et les suppliques. Visiblement le décor sordide s'est transformé en catacombes de la décadence.

Mais j'aurais dû me méfier un peu plus. Et ce coup porté à ma nuque m'a fait plonger une fois de plus dans l'imbécillité du détective naïf et subjugué.

XV

C'est une goutte d'eau qui martèle mon front qui me réveille. Combien de temps ai-je passé dans le coma ?

La jeune fille a été sacrifiée. Enfoncée sur un énorme sexe de bois elle a les yeux fixes de ceux qui ne verront plus. Sur son ventre on peut lire « Putain tu fus putain tu seras à jamais ».

Moi je suis attaché à la roche. Tiens me dis-je il reste encore du charbon au plus profond de ma solitude.

Pervers privé de peau persévère dans la position de l'appeau.

Je vous retrouve une fois de plus en belle posture et en compagnie divine. Ne m'expliquez rien, vous me mentiriez. Mais j'avoue éprouver une certaine délectation à vous voir ainsi privé de liberté. Sans rire c'est à peu près ce que doit être votre vrai métier. Privé de liberté.

Et il rit l'imbécile.
Puis il contemple le corps superbe.

Il prend le temps de suivre les courbes délicates et d'arrondir la bouche devant le spectacle de la pénétration inhabituelle.

Si vous cessiez de vous comporter comme un collégien qui voit une femme pour la première fois et que vous me détachiez.
Ah pardon des femmes comme elle je ne connais pas beaucoup de collégiens qui ont pu en admirer, même en rêve. Et sa posture est, disons le, quelque peu surprenante. Mais visiblement ce n'est pas la cause de sa mort. Non plutôt le poison.
Le poison, comment le savez-vous ?
C'est facile elle a le sourire bleu des consommateurs de cyanure. Et de sortir de sa poche un appareil photo numérique.
Allons zou un petit souvenir à consulter pour mieux travailler la piste.
Vieux vicieux.
Vous en êtes un autre.
Et moi je suis légal assermenté et même rémunéré. La vie a parfois du bon.
Vous êtes cynique.
Mais non simplement pratique. Je vous laisse ici ou je vous détache ? Elle, par contre je vais la faire enlever.
Depuis que je vous connais le médecin légiste y a gagné en beauté. Il devrait vous faire un cadeau, vous remercier à la hauteur de vos succès. Vous la connaissiez ?

Non, celle là, non. Je ne l'avais jamais vue.
Et bien profitez en, elle ne restera pas là longtemps.

Et de redresser une mèche de cheveu qui cachait l'œil vert de la victime.

XVI

Les anges sont des gardiens imprévus qui peuplent nos sensations de précautions amicales. Ils tournoient dans l'espace comme des toupies ailées et virevoltent dans l'air comme des oiseaux soyeux. Les miens sont patients, attentifs et sûrement que leur sexe est celui du féminin.

La mer frappe la plage comme un marteau colérique. Les bateaux sont secoués de soubresauts et de hoquets intempestifs.

Le chien rumine. Moi je regarde l'horizon et pense à toutes ces femmes qui ont peuplé ma route. Celles câlines et fiévreuses, celles sauvages et cruelles, les dompteuses de feu, les cracheuses d'aiguilles ; les sirènes alanguies qui jettent leur dévolu sur le marin égaré ; les fleurs d'épices, les senteurs de safran ; certaines pétales et d'autres fruits ; cette mie tiède des farines lissées et gonflées de plaisir ; les chiennes aux dents acérées et les lionnes qui ont arraché ma peau les jours où l'intime sentait le musc. Toi qui fut ma compagne de jeu et de rire. Et cette prêtresse au sang chaud qui avait apporté des Marquises les couleurs de la passion.

Les nuages dessinent le souvenir des corps ressentis, quand ma paume avait puisé dans le calice des ivresses.
Petites mutines, servantes d'acier, forgées de lave, tressées de lianes, tissées de liesse. Ce coup de langue au prépuce de la voix, ces torsions qui arrachent les échardes au plein cœur de la chair.

Pourquoi meurent-elles ?

Meurtries et assassinées elles hurlent l'injustice aux tympans de ma douleur.

Mais elles sont encore là, et ce sont les mouvements déliés, les tombés du drapé, la tension du tissu sur leur corps qui brillent comme autant d'hommage à leurs jambes à leurs fesses et à leur sexe.
Il y a sous la jupe tout l'imaginaire ironique des astres filants dans la braise.

C'est un jeu c'est un leurre c'est un parchemin limpide qui brouille les pistes et efface les traces. Un éclair une vision et le trajet qu'il faut faire quand on esquisse un sourire à l'enfant du diable.

Barbara a disparu elle aussi. Comme Natacha.

Faisons le bilan : une noyée, une clouée, une fouettée, une empoisonnée. Quatre passantes disparues et obsédantes.

Et cette carte postale énigmatique qui fait surgir à nouveau l'ombre de la secte.

La mine était un piège. Mais le piège l'est aussi.

J'ai pris l'avion pour Rhodes.

XVII

Il y a ce bateau qui se balance doucement. J'ai passé la nuit sur la plage. Le sable s'effile entre mes doigts. Liquide et cristal. J'ai rêvé d'un magicien qui m'enfonçait un entonnoir dans la gorge et qui m'obligeait à me gaver de sable. Il éructait, criait comme un fou : le marchand de sable est passé, le marchand de sable passera. Et patati et patata. Et milate et milate. Plutôt mille fois qu'une. C'est un rêve.

J'aime le beurre et le miel. Ce café sucré et fort. Et le marc à lire. J'essaie. Je vois une pointe un disque et une étoile. C'est déjà cela de gagné.

À côté du bateau il y a une énorme Mercedes à six portes. Du genre papale ou richeusement mafieuse. Aux verres opaques. Je m'éloigne de la mer, elle me suit. Traverse le jardin, elle m'attend. Je vais traîner dans les chantiers, en souvenir de Bellatrix, ce voilier abandonné. Triste fin pour une guerrière. La voiture me guette.
Alors doucement je m'approche. Discret bruit de la vitre qui coulisse, un peu, trois ou quatre centimètres. Et cette voix roque qui libidine en menace :

Vous devriez vous intéresser à d'autres secrets.
Oui mais, ces secrets là traversent mon chemin.
Laissez tomber, choisissez d'autres histoires. Si vous voulez rencontrer de jeunes femmes, plus belles les unes que les autres, nous pouvons trouver un accord. Mais éloignez-vous de notre passage. Vous le regretteriez.
Zipp, fermée.
Et comme un tapis volant la Mercedes s'éloigne.

Une voix n'est pas grand chose, mais un indice quand même. Et qui me connaît un peu sait que je ne me plie pas aux exigences imposées. Quant à mon flair il renifle une présence familière, enfin presque ; Miss, tu es là, à portée de caresses et d'étreintes.
Mais qui es-tu réellement ?
Et toute cette histoire de prêtre Sârs, n'était-elle pas une invention ? Une divagation qui s'est présentée comme explication.

Devant la fontaine, il y a un âne et un homme. Le premier boit le second fume. Il regarde la montagne comme un loup le vide quand il pense à la fuite du temps. Et dit.
J'ai réservé pour vous une chambre me ena crevati yia dios personnas at the hotel Xenia.
C'est un européen convaincu. Cherche-t-il à parler ma langue ou est-il aussi peu Grec que moi ?
Then ksero. Peut-être simplement une histoire d'alphabet. Et là, c'est le choc la révélation : nous

parlons la même langue, mais avec des lettres différentes. C'est dans ce décalage qu'il me faut chercher une piste. Chaque lettre est un secret à mettre en forme.

A Simy j'ai vu flamber les fibres du safran. J'ai côtoyé deux musiciennes persanes et leur lévrier bleu. Enfin bleu, après les élancements ouzïaques et les débridements dionysiaques. Quand le poète chante d'avoir perdu son amour.

À Rhodes j'ai poursuivi mes fantasmes elliptiques, quand ils se fixent sur une jambe, un genou ou le flottement subtil d'une robe assortie aux babils meltémiques, chauds et sulfureux, chargés d'un passé insoluble mais dissolu dans les bribes de confession qui s'offrent aux regards attisés.

J'irai vérifier qu'il y a bien une chambre pour moi à l'hôtel Xenia. Et que ce sourire aux échos rebondis, je parle de ces deux seins jumeaux qui s'obstinent à promettre ce qu'ils ne tiendront jamais, de ces deux mains aux ongles carminés et burinés, de ces deux…

Duo malicieux magnifie la malédiction du mouvement.

Surtout quand il est immobile. Et cette petite garce qui lui sourit et lui dédie ses flèches vertes aux évocations intentionnelles. Trop d'ailleurs.

Flic, c'est un piège.
Narratif ? Non, sexuel.
Quelqu'un nous tient dans sa main et se joue de nous.
Ah, la théorie du complot.
Après le fractal et le chaos. Ça tient la route. Mais je doute. Ne riez pas.
C'est vous qui me dites de ne pas plaisanter ?

Bon reprenons à zéro. Pourquoi êtes-vous là ?
Oh moi les interrogations eschatologiques, vous savez... Arrêtez de vous moquer de moi... Je vous retrouve, entre les pythonisseries serpentines et étouffantes de votre sorcière abreuvée et les aveux du chien :
du chien ?
oui du chien ; il sait donc des choses que je ne sais pas et qu'il m'aurait cachées ?
Sans doute.
Et il vous les a confiées ? En fait non. J'ai supputé.

Avez-vous pensé à réserver une chambre ? A vrai dire, non. En cette saison vous faîtes preuve de légèreté. Saison, légèreté ? Oui la saison des moissons funèbres et surtout celle des touristes.
Et vous ?
Quelqu'un l'a fait pour moi. Je l'avais remarqué auparavant.
Il y a toujours quelqu'un qui fait le travail à votre place.

Mais qui ?
That is the question.

L'hôtel Xenia languit ses luxures sur la falaise, trône en relief pointu et respire la cannelle. Même si le barman est espagnol et la serveuse thaïlandaise. L'un a le doigté de l'autre quand ils s'évertuent à tanguer des paraboles suggestives.

Le marbre se couvre de gouttelettes invisibles, sauf, bien sûr, à ceux ou celles, qui, s'évertuant à traquer le détail ont la remémoration subtile du passager de l'intempestif.
Car il l'est, celui qui hurle au milieu du hall, dans son jargon poutinien et dictatorial de président faussement légitime.
Il l'est, désagréable et méprisant, mais peut-être pas plus que le réceptionniste qui nous dévisage, faisant preuve d'une méfiance marmoréenne tout autant à l'instar de ce géant qui déferle en insultant les hôtesses, que de nous, pauvres Hères, abandonnés à leur sort.

Et lui qui c'est, dit le jeune homme aguiché derrière son comptoir ?
Un fonctionnaire, un policier français.
Si lui fonctionnaire, lui dehors.
Je vous revaudrai cela. J'y compte bien.

La clé est en or, la silhouette qui me précède en albâtre, l'eau de la baignoire en vapeurs poivrées.

Et cette femme assise sur mon lit, toute aussi nue que lorsque je l'avais vue pour la première fois, à la mine, souriante et amène, détendue comme si je savais qu'elle m'attendait et que j'attendais qu'elle m'attendît.

Vous ne fouettez plus ? Non je me repose. J'ai déposé dans vos yeux les regards de la chair.
Oui mais celle que vous corrigiez est morte empalée.

L'ai-je empalée ?
Je ne sais pas. Je le déduirais volontiers.
Vous êtes trop prompt à la déduction. Moi j'ai simplement exécuté ce que Barbara m'avait demandé de faire, et ce avec l'agrément de celle qui s'est pliée à nos vœux.

Cela pose deux questions. Pourquoi Barbara m'a organisé ce spectacle et qui est passé derrière ou devant vous pour tuer cette pauvre fille ?
Je l'ignore. Je ne veux pas le savoir. Je suis juste là pour obéir.
Obéir ?
A qui ?
A vous. Et de s'étirer comme une chatte sous la langue du soleil quand celui-ci lape en volupté les sinuosités ondoyantes de la peau velourée.

Que dois-je faire ?
Agir serait bien et crier aux abîmes les injures du plaisir.
Crions.

XVIII

Elle est assise face à moi, dans cette taverne hellénique où grillent le Gourouni lacté et les morceaux caramélisés d'agneaux. Elle verse la Retsina dans des verres ciselés et bizarrement me parle d'une tortue à la carapace scintillante. Pour ensuite avouer, j'appartiens au Cercle de la Tortue.

XIX

C'est à minuit que les fées libèrent leur corps, que les génies se tapent sur le ventre et que les fous entrent en scène. Et dans cette immense discothèque qui jette ses harangues furieuses aux vagues échaudées et lourdes de passions enfouies, je vois se découper le bal délirant des touristes souls, des européens en liesse et de quelques américains débridés.

Elle est vêtue d'une robe aussi volage qu'elle et ses fesses moulent mon âme d'un sentiment halluciné. Ah, la robe, la jupe, le petit morceau de magie sur l'immensité inconnue.

Des priapes dévergondés poursuivent des nymphettes, des lézards aux langues pendantes entravent de petites gazelles Thomson, des scorpions aux pinces métalliques emprisonnent des Venus aux poitrines exhibées.
C'est déguisé, me dit-elle.
Je l'avais compris. Et je la suis dans un tourbillon de cotillon, de danses arythmiques et de colonnades équivoques.
Elle tangue comme un voilier, gigue sur le plancher des désirs et fait flotter ses formes généreuses devant

mes yeux exacerbés. Il faudra que je réapprenne à crier au loup. Puis elle se glisse dans un couloir tendu de soieries multicolores et pénètre dans un bureau couvert de marbre et de merisier.

De longs miroirs reflètent ses charmes mais derrière le meuble immense qui trône au centre de la pièce me sourit la femme de la Mercedes.
Bonjour me dit-elle, je suis la sœur de Barbara.

Décidément, entre sœurs. Comment va-t-elle ?
Elle va bien. Comme une sylphide, un pinson, une rose déployée.
J'en suis heureux. J'ai des souvenirs à préserver.
Et votre avenir, comment le voyez-vous ? Incertain, quoiquc…

Vous ne fumez toujours pas ?
Et derrière la voix, un homme que je connais. Celui de l'embalse.
Non mais j'ai toujours mes cigarettes.
Bon, il va falloir être loquace. Nous voulons savoir où est Natacha.
Natacha ?
Oui, Natacha.[2]
Je ne connais pas de Natacha.

---

[2] Il n'est pas rare que dans les romans les personnages échangent des propos anodins qui ne le sont pas.

Erika, Sandra, Natacha. Vous voyez, nous en savons autant que vous. Plus, bien plus. Ce qui devrait vous éviter de poser des questions inutiles.

Natacha attachée s'entiche du premier chat chétif.

Alors là, c'est le choc ! Le flic ! Le flic, associé à ces frappes. Je lui rétorque :
Floc et flic flaquent en froc.

Il va falloir travailler un peu. Et souffrir beaucoup. Or la souffrance m'exaspère. Je pense qu'elle est déjà suffisamment et stupidement répandue pour ne pas ajouter un martyr de plus.

J'ignore où est Natacha, et vous savez que je ne le sais pas. Car j'ai le savoir sombre des nuits immenses.
C'est une hypallage.
Oui.

Il me désigne à deux monstruosités, genre Sumo en plus musclés. Qui m'empoignent et me jettent dans une fosse que je n'avais pas vue. Et pour cause, le sol vient de se dérober. Je plonge.

XX

Le cuir n'est plus ce qu'il était. Et les chaussures non plus.
Plaisantez plaisantez. Et profitez bien de ces derniers instants. Mais auparavant vous allez avoir une chance extraordinaire. Regardez !

Un mur s'efface et laisse la place à un écran géant.

Une voix off commente. Il était une fois…
Une femme masquée, mais dont je reconnais les seins s'avance vers l'objectif en souriant. Elle ne porte qu'une chaîne dorée autour de la taille et d'immenses bottes vernies.

Elle tient à la main une baguette qu'elle pointe vers un tableau noir d'école. Et dans la salle de classe je vois un groupe de femmes, toutes plus belles les unes que les autres, toutes plus nues les unes que les autres. À une exception près. Il y a Erika qui croise les jambes derrière son pupitre, Sandra, assise sur son bureau et qui fait frémir sa langue sur ses lèvres, Natacha, debout tenant en laisse sa soubrette espagnole, Barbara, qui caresse les cheveux de la déesse qui m'a remis les clés du puits, deux autres femmes dont j'ignore le nom : l'une posant des questions indicibles et punissant l'autre qui ne répond pas assez vite. La femme de la mine et sa victime. Elles sont toutes là. Même la femme à la Mercedes. Qui trône devant un meuble Boulle et coche sur une feuille les croix de la mémoire.

Mais surtout, il y a Miss.

Et Miss est morte.

Ou fait la morte…

Quant à moi je suis tordu rompu secoué comme l'arbre aux pommes et le cocktail à la crème, vilipendé de mille façons, ébroué, lifté, masqué, râpé, ruiné, étiré, enduré, marbré, meurtri, maudit, ligoté, traîné, assoiffé, salé, gigoté, mastiqué, fragmenté, étendu, contracté, conspiré, paumé, pâmé et je me noie dans des abîmes délictueux au cauchemar aiguillonné.

Mais je n'ai rien à dire, je ne sais rien. Alors je ris. Je ris de cette gorge déployée qui hante l'image féminine qui s'impose à mon silence. Car malgré tout, je ne cesse de céder à la beauté des formes quand elles s'inspirent des vôtres, écolières dévoyées. Mourir en savourant votre volupté, en admirant vos lucidités malignes quand de croupes et de liesses, de reins et de tendresse vous envahissiez l'espace d'une illumination.

Cesse de devenir fou !

Le chien ! Que fais-tu ici ?
Comme d'habitude je te sauve la mise. Et peut-être même je te mise la sauve.
What ?
Je t'expliquerai. Pour l'heure suis-moi !

Et de courir, moi un peu souffreteux, lui quatrepatteux, de longer des miroirs et des caméras, des cages où languissent des bancs dorés, de sauver mon âme de la morsure des chaînes.
Ce n'est pas possible, tu fantasmes encore !
Et oui que veux-tu je suis pêcheur à l'hameçon de la vision. Si Dieu existe il doit être remercié pour les déficiences de la morale. Tu es un âne. Fonce.

Et soudain de surgir sur une avenue ensoleillée où vrombit un vieux pick-up conduit par un vieil homme barbu, coiffé d'une casquette jaune, portant des lunettes de soleil au contexte bariolé.
Saute, me dit le chien, et vite, si tu tiens à ta vie et à la mienne.

Le pick-up crasse crisse sur le croisement graisseux en Grèce.

Le poulet !

Ce vieux loqueteux n'est autre que le poulet. C'est un piège dis-je au chien, non c'est un ami, me répond-il.

Je ne connaissais pas les talents de pilote du poulet, mais quand il est entré dans la ville il nous a surpris par sa dextérité et sa souplesse. Quelle efficacité !
Le chien en était perplexe. Il siffle entre ses dents canines.
Bon sang, poulet, quelle exécution, quelle maestria !

Si vous m'expliquiez.
Oh c'est simple, j'ai eu vent de leur machination, j'ai prévenu le chien et je leur ai fait croire que j'étais prêt à trahir.
Ils vous ont cru ?
Ils m'ont cru. Après la poésie, le théâtre.

XXI

Les revers de l'œil ont leur couleur. Celui-ci est laminé d'étincelles de jade et de zébrures d'acier.

Ils se découpent sur l'horizon comme on découpe un ciel d'été, quand les seaux du soleil déversent leur brûlure attisée.

Je suis là debout sur une plage. Elle est là debout devant moi. Miss est revenue. Et c'est le policier qui m'a conduit à elle.

Comment allez-vous maître ?
Bien et toi ?
Très bien maintenant.
Je t'ai crue morte.
Il ne faut pas croire tout ce que l'on voit. C'est une illusion.
Explique-moi.
Je ne sais pas tout, sinon qu'il s'agit d'une lutte féroce entre clans. Quelqu'un veut supprimer la secte Vaglou.

Mais pourquoi avoir disparu ?
Pour vous protéger. Personne ne savait encore qui vous étiez.

Secte en soute suit et saute sur le soir.

Mais j'ai une information pour vous. On a vu Natacha dans un restaurant du port. « l'escapade ».

Mais je vous préviens que pour moi la loi est la loi. Je ne veux rien connaître de vos agissements. Et si vous êtes mêlé à un crime je vous arrêterai.
Depuis le temps que vous en rêvez.
Et oui. Et oui.

XXII

« L'escapade » est un bouiboui. Et le chien a tenu à venir avec nous. Miss porte un collier, une robe, des bottes montantes, le tout en cuir noir. Elle s'est peinte les lèvres et les joues. Comme si elle partait en guerre.

Devant la porte un berger allemand interdit le passage au corniaud. Qui n'apprécie pas. Mais pas du tout.
Barre-toi, va chercher des moutons, retourne dans les prés. Tu as vu comment tu es bâti, espècc de bâtard.
Je ne suis pas une espèce de bâtard, je suis un bâtard.
Mais je te conseille de ne pas vérifier leur colère.
Je n'ai pas de temps à perdre avec un corniaud.
Et moi je trouve que tu manques de respect aux hommes.
Là-dessus le chien jaillit en boule comme lui seul sait le faire. Anad se souvient des Dobermans et plaint le Germain. Qui hurle et se sauve.
Le pleutre, je lui ai simplement mordu l'oreille droite. Finalement la qualité allemande c'est surfait.

La bière mousse et les deux femmes aux seins nus qui portent les plateaux ont des allures de sirènes mellifluantes.

Tu sais j'ai la formule.
La formule ?
Oui R= W+H*K.
Je sens que ta formule va m'aider à comprendre le monde. Quand un corniaud invente l'hyper relativité, je me sens mieux, plus proche de l'épicentre de l'âme.

Miss sourit à nouveau.
Je remarque ses lèvres zébrées et ses ongles flamboyants.
Je suis une bibliothèque du vernis et du maquillage.
Tu es une vérité inscrite au trait du fard.

Votre complicité commence à me désespérer. Il y a disproportion entre ton langage et tes sensations.
Le chien tu deviens insupportable.
Le devenir n'est pas l'être et l'être n'est pas le devenir.
Arrête de lire Ricoeur.

Ricoeur sans rancœur n'est que ruine du râble.

Nous voilà au complet.

Bon, faisons le point.

Miss reste imperturbable. Rien ne la dérange : elle est l'âme du feu le centre épigone de la tension la

fébrilité du don quand il s'ouvre à la générosité. J'ai une idée. Moi aussi. Peut-être la même. Nous sommes chassés mais par qui.
Moi je le sais. Enfin je crois le savoir. Natacha est bien là. Une serveuse nous conduit à sa table. Il va falloir négocier.

Natacha est sublime. Un foulard dans les cheveux, un décolleté sirupeux, des lèvres saillantes, une robe fondue de roses.
Curieux de vous rencontrer ici. Je vous croyais plus classieuse.
Je le suis. Mais cette ambiance me stimule.
Qui a tué qui ?

Miss a disparu, le chien aussi, le flic itou. Moi donc, seul devant cette créature fraternelle, tient donc, dit-on fraternelles pour deux sœurs ?

Il paraît que vous avez participé à sa mort.
Très partiellement. D'une statistique négligeable. Et j'ai failli y laisser ma peau.
En la matière rien n'est définitif. Mais tout peut le devenir.

Elle croise les jambes, secoue les cheveux, réajuste délicatement la broderie qui borde l'épaule. C'est une sournoise mais quelle plastique !

Je lui pose brutalement la question clé.

R= W+H*K ?
C'est possible.
Comment avez-vous eu vent de la formule ?
Le chien.
Oui bien sûr le chien. Vous savez l'alchimie peut être mortelle. Elle l'a déjà été.
C'est vrai, mais tous les faisceaux de lumières qui semblent converger n'ont pas forcément la même origine.
C'est clair.
Riez, riez, mais pensez à ces femmes qui sont passées de l'autre côté du miroir.

Il est des espaces incommensurables qui sont trop petits pour les Dieux.
Je comprends.
Des forêts abyssales qui ensevelissent les armées.
Bien sûr. Vous connaissez la blague des touristes belges dans l'avion ?

C'est le moment ?
Parfaitement.
Vous la connaissez ? Non, celle du scorpion et du lémurien oui.
C'était un lémurien ?
Dans mon histoire.
Vous voulez absolument tout réécrire à votre sauce.

Arrêtons de parler cuisine et venons en au fait.
Je suis du Cercle de la Tortue.

Vous aussi !
Moi aussi. Comme Alexandra.
Mais qu'est-ce ?
Venez.

Dans la rue nous entendons ce bruit de casserole singulier des automobiles en voie de dislocation. Un triporteur kaki qui évoque le film « Z », plus un camion antédiluvien qui dessoude ses pièces métalliques pour les rejeter sur le sol. Des coups de feu, des ordres.

Natacha qui esquive en s'évanouissant comme une ombre. Et moi qui replonge dans la nuit comme otage improbable d'une histoire où se mêlent les émois de la tortue et les vivacités de la haine.

XXIII

Les murmures sont des inscriptions suggestives. Ils envahissent la pensée pour insérer leurs pulsations. Ils délayent les parures du songe pour envoûter les figures du vide.

Il y a un chien allongé comme une peluche. Miss est posée comme un voile sur un tablier de grès.

Rassurez-vous, ils dorment. Pour le moment.
Et le policier.
Nous l'avons relâché dans la montagne. Je crois que son image va s'en trouver un peu dégradée. Cela lui apprendra à jouer à être ce qu'il n'est pas.
Je hausse le sourcil.
Oui, il est un peu drogué, et va se heurter aux réactions immédiates d'un monde sans imagination.
Drogué ?
Oh, une petite drogue malaise qui fait délirer pendant quelques jours.
C'est « Théorème » votre histoire. En quelque sorte.
Et vous ne croyez pas si bien dire.

Que veut-on de moi ?

Ils m'ont enfermé dans une cave où j'entends goutter les eaux condensées de l'obscurité. Je peux à loisir résumer cette histoire :

Erika noyée, venue en France pour je ne sais quelle raison.
Sandra clouée nue, mais en fait étranglée.
La soubrette de Natacha morte sous les coups de fouet.
Natacha en fuite.
Barbara disparue.
Son assistante évaporée.
Mais aussi cette femme qui maniait le fouet et cette autre corrigée : morte empoisonnée.
La conductrice de la Mercedes qui serait la sœur de Barbara.
L'homme de l'embalse
Et le Cercle de la Tortue.
Euréka !

J'ai alors compris que certaines morts en cachent d'autres.

XXIV

Ils m'ont jeté comme une serpillière, m'ont insulté, ont ri de mes réponses et m'ont plongé la tête dans un sac. Le noir réveille les esprits récalcitrants.

Enfin, il s'agit d'une de leurs théories. Le plus étrange, c'est qu'ils n'ont l'air d'accord sur rien : la méthode, les objectifs, l'enjeu. Comme si chacun s'était retrouvé mélangé aux autres sans savoir qui il est, pas lui, l'autre.
Ils ne parlent pas la même langue, ne me posent pas les mêmes questions, n'appartiennent pas à la même organisation.
Je le leur dis. Ils prennent mes suggestions pour de la provocation. Je suis le seul lien qui les unit.

Ils partagent pourtant une obsession : Natacha.

L'as-tu vue dernièrement ?
Oui.
Où ?
A « L'escapade »
Qu'est-elle devenue ?
Je ne sais pas.
Il ne sait pas. Frappe-le. Non. Pourquoi ? Je n'ai pas à t'obéir, tu n'es pas de la même obédience.

De la quoi ?
De la même obédience. Et cette arme, elle te prouve une appartenance suffisante.

Mon Dieu ils sont fous. J'espère qu'ils ne vont pas régler leur différend sur moi. Et le chien, et Miss ?

Il va falloir imaginer une stratégie. Alors je me tords de douleur et je susurre en vomissant des biles vertes que je suis en train de succomber. Eux nomment cela claquer. Un grand roux invective les autres en anglais. Qui répondent en turc et en grec. Deux éphèbes qui ont oublié Chypre. Qui se tapent dans le dos et punchent mon estomac. Bon, je vomis un peu plus, mais je n'ai plus besoin de me forcer.

Comédie ! Comédie ! répète la sœur de Barbara. Tuons-le.
Oui et jetons le aux crocodiles.
À Rhodes ? Mon œil surpris ne leur a pas échappé. Alors ils tendent une corde. J'ai bien l'impression qu'ils vont me pendre. Mais ce n'est pas un rite, plutôt un adage. Va te faire pendre chez les....

Il va falloir tout avouer.
Je ne demande pas mieux. Alors avoue, chien.
Non, le chien c'est l'autre.
Ma joue est marquée par ses doigts.
Avoue, cancrelat.

Bon je vais devoir avouer sinon je n'ose pas imaginer à quelle catégorie je vais appartenir. J'avoue, mais quoi ?
Tout sur tout.
Allons-y : en décembre 1973 je me suis masturbé. Autre joue autres doigts. Un petit goût salé dans ma bouche. J'aime un peu moins ces pinces qu'ils exhibent.
Le plan, charogne.
Est-ce mieux que cancrelat ? Le plan, parfait. Le plan, mais quel plan ? Et vlan !

Pour nous détruire. Nous savons que vous projetez une offensive.
Bien sûr.
Où, quand, comment ?
Si je tiens assez longtemps ils vont me fournir toutes les réponses, je n'aurai plus qu'à trouver les questions. Et vlan ! Le plan où je te les coupe.

Et là craquements, martèlements, bruits de lutte et force éclatements. Une scène de ménage. Puis des coups de feu, des grognements. Un disque en lituanien et des scènes de propagande du troisième Reich.
La porte vole en morceaux et un géant aux yeux jaunes, bardés de cuir et de chaînes fait son apparition.
Et tous de s'exclamer : Goliath !!!

Mais Goliath n'avait pas encore accompli son œuvre. Poussant un cri venu droit des ténèbres il leva son Uzi et abattit la sœur de Barbara et ses séides.
Puis il gloussa et disparut. Je n'eus pas à attendre longtemps.

Natacha se tenait dans l'encadrement de la porte en souriant. Vous n'avez pas fière allure, et cette fois c'est moi qui vous observe à la dérobée.
À la dérobée ché vite dit.
Vous avez un accent ?
Non che chont les coups potés à ma mâchoire.

XXV

Certains réveils sont plus délicieux que d'autres. Quand ils ont les yeux doux et verts, le sourire légèrement moqueur de la tendresse et les mains câlines, alors ils ouvrent au vent des perspectives de mélodie et au souffle le rythme partagé des espérances charnelles.

Elle est vêtue d'un tablier blanc ouvert sur sa peau, me regarde comme une religieuse au chocolat et babine ses soupirs en massages bienfaisants. Sa langue ondoyante me délivre ses baisers.
J'ai reconnu Natacha.

Elle a décidé de faire de moi un corps neuf et de me donner la souplesse d'un chat.

Peut-on lui faire confiance ? Et jusqu'où ?

Pourquoi vous recherchent-ils ?
Parce que je suis du Cercle de la Tortue.
C'est évident.
Je vous l'ai dit.
Un cercle est une figure inaccessible à la pensée. Un paradis pour l'abîme. Sans début sans fin, exigeant

l'intervention d'un nombre irrationnel et qui plus est infini. C'est dans cet infini que vous devez chercher.

Je croyais que c'était à Séville et plus tard on m'a dit qu'il fallait creuser la piste de la mine.

Tout est vrai.
Parce que vous voulez que tout soit vrai. Pardon ?
C'est la règle.
Puis-je la soupçonner ?
Alors elle deviendra soupçonnable. Pourquoi pas.

Où est Miss ? Et le chien ?

Ils sont libres. Miss est retournée dans son quartier général. Le chien visite le musée archéologique.

Venez, je vais vous montrer quelque chose. Elle allume un ordinateur portable, clique sur une icône, ouvre un fichier image. La même scène que dans le film. Prenez la souris et promenez-vous sur l'écran.

Je pense à ces corps magnifiques que je frôle et explore. C'est un frisson ? Non un lien hypertexte. Effectivement une petite main s'inscrit sur le pubis de l'une, les yeux de l'autre, la poitrine de la troisième. Et ainsi de suite. Quand le lien est activé, une photo plus grande apparaît. Plus un cadre rempli de promesses. Chacune a sa spécialité.
Et vous ?

Je fais vibrer les rêves charnels.
Expliquez-moi.

Il s'agit d'un réseau de prostitution sur Internet. Virtuel, visuel ou réel, c'est selon. Nous étions toutes concernées. Mais voilà, nous travaillions aussi pour Paula, la sœur de Barbara. Elle veut conquérir un bien inestimable, l'énergie totale.
L'énergie totale !?
Oui. Je ne peux pas vous en dire plus pour le moment. Sinon, qu'un industriel allemand veut aussi la posséder.
Qui l'a ?
C'est bien le problème. Avant nous détenions le dernier maillon qui conduisait à la cachette où le livre qui permet de développer l'énergie se trouve. Mais nous l'avons perdu.
Une formule ?
Oui.
Tout le monde la connaît cette formule, même le chien.
La formule n'est rien sans le sceau qui ouvre l'œil.
Le sceau qui ouvre l'œil ?
Oui.
Et qui est le gardien du sceau ?
Miss. Miss ! Pourquoi ne m'en a-t-elle pas parlé ?
Parce qu'elle l'ignorait. Elle l'ignore toujours. Elle sait simplement qu'elle le détient, mais elle n'a pas encore compris où il se cachait.

Nous sommes donc quatre groupes sur cette affaire, où nous étions quatre.
Paula et ses sbires, l'Allemand qui a voulu violer Sandra, Miss et ses prêtresses, et nous, le Cercle de la Tortue.

Et moi, qu'est-ce que je viens faire dans cette histoire ?
Oh, vous…
Vous en êtes le prétexte.

XXVI

La mer du Nord est une artère d'eaux salées et de bruines. Elle possède cette immensité de la violence et de la colère, cette profondeur grise des yeux secrets.
Je vois en face les côtes de craie et l'horizon plat d'ici quand il s'ancre dans les dunes.

Le mauve des paupières, les filets bariolés de chromes assassins, le jet sinueux quand il s'amuse avec les ombres blanches. Le sable ankylosé et les prières du rire. La présence de ces femmes assoupies devant le feu. Et tous ces instants de bonheur qui donnent ce goût précieux à la solitude.

J'écoute le requiem de Mozart. Je bois ce Châteauneuf-du-Pape aux gorges boisées et à la robe rubis.
Tu fais dans la nostalgie ?
Tiens, bonsoir le chien. De retour ?
Oui, c'est bon de rentrer chez soi.
Tu as fini de te cultiver ?
Si tu savais. J'ai visité Rhodes, puis Symi, puis Mykonos, puis…
C'est bon, c'est bon. Tu as été embauché par l'OTH ? Et non, ils pensent que les chiens ne sont

pas les décideurs. Et puis mon accent, *to profora mou*, les gênent un peu.
Pas assez Grec ?
Non, pas assez humain. Vous vous prenez toujours pour le centre de l'intelligence. Et quand on voit le résultat on a du mal à y croire.
Philosophe ?
Que veux-tu, je reviens du pays de la philosophie. Certains pensent que c'est l'Allemagne.
Le chien me regarde avec insistance. Excuse-moi.

Des rencontres ?
Une Colley, quoiqu'un peu montée, m'a fait vivre des moments radieux.
Je vois que ton humour n'a rien perdu de sa lourdeur.
Que veux-tu, c'est le luxe du chien qui glose. Et toi ?
J'ai appris beaucoup de choses. Que le Cercle de la Tortue a été créé pour lutter contre la rationalité envahissante au dix-huitième siècle ; une sorte de franc-maçonnerie écologiste. Un groupe qui a puisé chez les romantiques allemands le fondement de sa critique.
Novalis ?
Entre autres. Que Natacha en fait partie. Que Miss détient un secret qu'elle ignore. Que la plupart des femmes que je fréquente ont des mœurs débridées.
Ça, ce n'est pas une découverte. Si tu penses que tu peux attirer une femme normale.
Une femme normale, qu'est-ce que c'est ? Une femme qui sait et qui fait savoir à tous qu'elle sait.

Regarde, une mouette.
Regarder une mouette, ici !
Oui mais elle vole bizarrement.

La mouette était blanche et bavait de tous ses crocs. Elle s'est précipitée sur nous. Le chien m'a plaqué au sol. Et la mouette s'est fracassée dans une explosion retentissante.

Elle était bourrée d'explosifs. Les vitres ont volé en éclat, les tableaux se sont effondrés sur le parquet, la cheminée s'est lézardée et un linteau s'est affaissé. Couvert de poussière, blessé à la patte gauche le chien m'a demandé, sans doute en allusion à la mouette rieuse de Gaston Lagaffe :
tu t'es mis au dessin?

XXVII

Le téléphone s'est mis à sonner.
Le répondeur s'est mis à parler.
Et Mario a juste laissé un râle comme message.

XXVIII

À Séville j'ai heurté mon angoisse aux murs du silence. Mario avait disparu. Mais personne ne voulait m'aider.

Mario. Ce souple déploiement de la gentillesse ce concentré de passion cet amant des ombres. Mario qui guettait le pire qui soufflait aux corps fatigués des poèmes de feu. Sourire de sucre. J'aurais dû t'embrasser, peut-être même te faire l'amour. Où es-tu ?

« Le Chien qui fume » ? La maison de Natacha ?

Nous sommes toujours ce secret des apparences. Tu me répétais doucement cette sentence des corps trop rapidement survolés. « La prostitution m'a offert à cette présence subtile de l'effacement ». Où es-tu ?

Et qui peux-t'en vouloir ? Cet Allemand étrange plusieurs fois cité ? Alors j'irai à Collioure.

XXIX

La mer vient claquer ses fureurs sur les rochers du levant. Sous l'œil amusé du phare et ses assises de pierre. La plage est déserte et sombre. Comme au reflet satiné des nuages lourds.

Demander à Collioure où se trouve un Allemand c'est comme chercher une paille dans une botte de foin. Il y a bien le musée, la mairie ou l'église. Les restaurants. La crêperie ?
Pourquoi pas. Je me souviens y être venu il y a de cela plus de dix ans.

Mais c'est la même tenancière. Le même sourire enjôleur les mêmes fossettes séduisantes. Une jupe de velours sur des bottes de peau. Un pull col roulé blanc. Juste quelques ridules joyeuses en plus. Et ses dents minimes qui carnivorent mes attirances.
Tu reviens de Grèce ?
Oui, comment le sais-tu ?
La dernière fois tu en revenais.
La dernière fois ?
Oui il y a dix ans. Tu étais passé en hiver me réserver une table pour le 14 juillet. Et tu l'as fait. J'étais certaine que tu serais là. Oui mais pas seul.
Je préfère la situation actuelle.

Te recevoir seul est mon plaisir.
Tu es anglaise ?
Non non, bien bretonne.
À Collioure c'est normal.
Qu'est-ce que je peux faire pour toi ? Une crêpe ? Aux saveurs du Sud ?
Non une vraie, à la saucisse de Saint-Brévin à la crème de Cancale aux odeurs de Brest. Je veux une crêpe qui fleure la mer salée, celle qui bouge et fouette, qui se retire pour mieux attaquer.
Tu n'aimes pas la méditerranée ?
Si, mais aujourd'hui j'ai l'humeur atlantique le désir de l'embrun les papilles ouvertes aux arômes de Quimper.
J'y suis née.
Tu vois je l'avais deviné.

Elle fit chauffer les feux les poêles et les âmes. Elle fit dorer les pâtes et griller les homards. Elle fit sourire ma tristesse pour mieux rendre aux vengeances la volonté de tuer. Les vraies luttes se font aux musiques de l'amour et du sexe. Elle cria. J'ai crié. Nous criâmes.

Et l'Allemand ?
Je suis toujours ébahi de me réveiller aux côtés d'une femme. Surtout quand elle possède ces harmonies souples des poitrines abusives ces contours généreux du ventre encore assoupi ces fumets matinaux qui enrobent les élans du jour.

Quel Allemand ?
Celui qui est derrière toute cette histoire. Celui qui a enlevé Mario.
Mario !
Mario.
Alors je le connais.
Qui ? Mario ?
Non, enfin oui, mais surtout l'Allemand.
Comment ?
Par une cousine de sa tante qui a travaillé avec ma mère.
En Bretagne ?
Non à Anvers.
Ce n'est pas en Allemagne.
Pas en Bretagne non plus. Mais il avait le goût celte. Enfin c'est-ce qu'il prétendait avant que nous découvirâmes, découvriâmes ? Non, découvrissions.
Quoi ?
Plutôt qui ?
Cette jeune photographe un peu folle qui jetait ses dévolus sur les argentés de la chambre noire. Elle séduisait ses jeunes amantes pour mieux les réduire à ses fantaisies. Regarde. Elle disparut un instant, et réapparut. Un album de photos en main.

Les deux premières pages étaient couvertes de photos de bébés et d'enfants.
J'ai dû mettre ses horreurs pour mieux égarer les soupçons. Je hais les bébés. Moi aussi. Puis le spectacle hallucinant de ces corps éreintés, étirés,

élevés au niveau de la passion. Elles étaient volontaires.
Peut-on l'être pour ce genre de pratiques ?
Oui. Danseuses figées figurines pincées sculptures de l'élancement. Mais c'est beau.
Oui, ces seins attirés par la courbe, ces dos comme grimoires, ces corps palimpsestes.

Et l'Allemand ? Il habite sur la côte. Sur la route. Vers l'Espagne. Dans un domaine qui se nomme l'Escarbet.
Escarbet ?
Oui, quoi de surprenant ?
Est-ce un synonyme d'escarbille ?
Presque, mais avec une nuance.

XXX

Une chouette hulule. Elle vole dans la nuit en déployant ses ailes.

Vous savez la Chouette épervière est la plus diurne des rapaces. Elle chuinte, hioque, hole, hue.
Non je ne le savais pas.

C'est un animal extraordinaire qui pousse avec fureur des *hui-krikkrikkrik* et les jeunes une série de *huèkhuèkhuèk ... kviit-kviit.*[3]
C'est du Finlandais ?
Non de l'épervier. Il suffit d'attendre sa proie. J'admire votre culture.
J'aimerais vous faire admirer d'autres facettes de mon talent. Mais je suppose que vous n'êtes pas venu pour me parler d'oiseau.
En effet. Je veux Mario.
Mario ? Je ne connais pas de Mario.
Et Sandra ?
Ah Sandra. Que devient-elle cette panthère ? Elle est morte.
Morte ? Quel gâchis.
Vous n'y êtes pour rien ?

---

[3] Site *Solène*

Non, pour rien. Des femmes comme elle je les soigne je les bichonne. De trop près parfois m'a-t-on dit. C'est vrai. Mais c'est justement pour cela que je n'aurais jamais l'idée de les tuer.
Et Erika ? Morte aussi ?
Oui.
Je comprends mieux votre visite. J'ai connu ces jeunes filles léopardiennes. Et je vous assure qu'elles n'ont pas hésité à me griffer. Sandra était même venue ici pour me tuer. Venez je vais vous montrer quelque chose.

Il longe un sentier qui court près d'une rivière. Vous aimez les écrevisses ? Oui. Et bien si vous acceptez de partager mon repas je vous ferai cuisiner de petites merveilles. Vous n'avez pas l'air affecté par les morts qui se sont abattues sur vos amies.
Je ne pleure pas les femmes qui m'ont donné du bonheur et de la beauté. Surtout devant vous. Ce serait les insulter et vous rendre un hommage qui ne vous est pas dû. Je préfère regarder leurs photos et les abîmes insondables de leurs pensées charnelles. Et cruelles. Toutes deux étaient gourmandes. Le saviez-vous ? Ma peau a la mémoire sensuelle des appétits infinis.
Alors vous ne pouvez pas refuser de déguster avec moi mes écrevisses.
Vous cherchez à m'acheter avec des coquillages ?
Non. À communier dans le souvenir des indécences. Venez.

Je ne crois pas avoir vécu le moindre moment avec vous. Dieu m'en préserve.

Vous entendez ?
Oui.
hui-krikkrikkrik, hui-krikkrikkrik , hui-krikkrikkrik.
Elle se répète. Elle est très effrayée.

Il entre dans un local couvert d'azulejos aux couleurs chatoyantes. Le toit est en verre. Il règne une chaleur torride. De grandes plantes tropicales poussent leurs troncs et leurs feuilles jusqu'au plafond.

Mais surtout ce qui retient mon attention ce sont deux immenses tortues. Majestueuses, couvertes d'une carapace sculptée de crêtes dynamiques.

Vous voyez nous avons capturé vos animaux fétiches. Ils sont bien ici. Mais il faut que je vous dise que nous avons aussi enlevé les membres du Cercle de la Tortue. Regardez. Il appuie sur une figurine de faïence et un gigantesque panneau s'ouvre.
Derrière, des cages d'acier. Chacune contient une femme nue attachée au cou, aux mains et aux pieds. Elles ont les yeux masqués et la bouche prisonnière.

Il était temps de les remettre à leur place.

Natacha est à genoux, la femme au fouet couchée sur le côté.
D'autres silhouettes inconnues ont les bras étirés vers le haut.
Etait-ce utile ?
Pourquoi ne pas mélanger le plaisir et le travail ? J'ai horreur que l'on me résiste.
C'est pour cette raison que vous avez assassiné Sandra ?
Oui.
Et Erika.
De même. Désormais il ne reste que deux groupes, votre secte Vaglou et nous. Le panneau se referme.

J'ai peur de comprendre.

Enfin quand je dis deux groupes. Vous avez le choix. Ou vous négociez avec moi ou vous disparaissez. Le menteur. Négocier ! Il a bien l'intention de tous nous éliminer. La seule question est de savoir s'il a aussi capturé Miss et ses prêtresses. Je vous laisse réfléchir. Voulez-vous dîner avec moi ?
Non merci, je préfère prendre un peu de recul.
À votre guise.

XXXI

J'ai des amis. Dit le chien.

Enlèvement élevé à l'envie délie le lacet. Dit le flic.

Je te propose un conciliabule.
Et moi un guet-apens.

Et qui guette suffisamment fait de l'appeau un chasseur de choix.

Viens vers vingt heures au restaurant « *L'Apicius* »
Quant à nous nous serons proches.
Qui est ce nous ?

XXXII

Le ronronnement du scooter évoque un trait de feu. Et les jambes de la conductrice un coup de pinceau magique. Elle porte une jupe de cuir rouge et un body transparent qui délivre au regard des seins haut tenus mais galbés de douceur et de tendresse.

Comme une épopée tactile qui frôle en main le délicat mensonge des furies nocturnes.

Est-elle inaccessible ?
Et quand elle se penche pour accoster son engin au pylône de fer je ne sais s'il faut l'observer en silhouette anodine qui offre aux pupilles le spectacle d'un faisceau de flammes ou se couler en décolleté pour se gorger de lourdeurs aux rythmes souples et créoles.
Si le cuisinier est à la hauteur de cette diablesse le repas n'a pas besoin de piment pour être coloré.

Que regardes-tu ? Je croyais que tu ne pensais qu'à Miss.
Penser à Miss c'est envisager toutes les hypothèses du chemin qui mène vers sa liberté.
Ben voyons.

Les sinuosités de cette jeune fille et l'offrande de ses seins comme trajet d'une bataille amoureuse seront les projectiles de mon action.
Je te savais prêt à quelques concessions mais là.
Si tu n'écoutes pas les charmes d'une sabine tu n'es ouvert à aucune beauté.
Moi je te trouve ouvert à bien des contours et des détours.
C'est la ruine de l'âme. Regarde ce grain de la peau cette texture du cuir cette tension qui épouse la ligne. Tu sais que c'est elle qui dirige les cuisines ? Je veux manger ici, tenter de la bercer de mes illusions.

Pour le moment elle n'a pas besoin de tes égarements. Tu as l'air d'un sadique figé. Viens, j'ai des chiens et des chiennes à te présenter.
Des chiennes ? Oui des animaux couverts de fourrure qui marchent sur quatre pattes sans avoir besoin de piloter des machines odorantes.
Je me demande si c'est un atout.
En l'occurrence oui et tâche d'être sensible à leurs charmes si tu ne veux pas affronter l'Allemand sans alliés.

C'est lui qui me dit cela et qui s'installe aux premières loges à côté d'une Afghane non voilée.
Il me sourit, en chien. Cela lui fait une rangée de dents à peine visible. Un petit air moqueur de celui qui sait tout de la vie et qui a décidé d'en profiter.
Il soupire.

Chaque baiser est le dernier, chaque promesse la première.
L'Afghane est impressionnée. Elle fixe au loin, dans l'infini de la mer le réconfort des maîtresses généreuses. Soudain elle lui murmure à l'oreille. Il se raidit. Comment le sais-tu ?

Même scénario. Il faut que tu ailles parler à la fille au scooter.
Nous, nous préparons l'offensive.
J'obéis.

Deux jambes ciselées aux orteils vernis de rubis, du même reflet que les magnifiques boucles d'oreille qui s'étirent comme bijoux de feu.
Elle se cambre fait monter la sève dans l'arbre fruitier chinois au jonc de marbre et à la fièvre ardente.

C'est Tao me demande-t-elle ? Non c'est toi. Je vois. Je suis la proie du guerrier l'offrande de la bataille le jouet érotique dans la main du diable. Elle a jeté aux orties ce dévêtu qui dérobait sa poitrine.

Que préfères-tu ? Avec ou sans la jupe ?
Avec. C'est l'outil de mon imagination qui creuse à jamais sa perte.

Viens, perdons-nous.

J'ai vu ce tatouage de la tortue.

Elle a simplement posé ma main à l'endroit où il se trouvait. Nous partageons désormais les mêmes intérêts.

XXXIII

Les chiens nous attendaient. Le corniaud flanqué de deux magnifiques altières. L'Afghane au port de défi et à l'allure meurtrière. Il est temps que chez nous les femelles aient leur heure. L'autre chienne était une caniche reine. Les vieux démons nous poursuivront toujours me répond-il.
Elles ne sont pas jalouses ?
Non, parce qu'elles sont elles. Ah oui. Et toi ? Moi j'étais entouré par deux déesses. La jupe en cuir flamboyait ses arrogances libertaires et de l'autre côté, ma Bretonne me souriait de toute sa celtitude. Vêtue d'une robe ultra courte et de bottes effilées.

Le talon est un dard qui viendra venger l'affront.

Allons.

Les chiens ont neutralisé le circuit d'alarme. Ils ont creusé une galerie pour s'immiscer dans la place. Visiblement ils connaissaient tout du lieu.
L'une d'entre nous a été l'animal de compagnie de l'architecte. Nous avons tous les plans.
Déployés en petits groupes ils se faufilèrent dans le parc, les garages, les caves, l'habitation principale. Combien étaient-ils ? Je ne le saurai jamais.

Ils riaient. En chien.
Nous partîmes deux et arrivâmes mille. L'action les stimulait. Quelle ne fut pas la surprise des Dobermans qui devaient veiller au grain mais qui glanèrent la défaite de leur vie.
Encore ces maudits animaux. Mais nous les laisserons en vie.
Peut-être qu'un jour ils comprendront leur erreur.
Les fous furieux de la gente canine furent enfermés dans les geôles.

Et là nous découvrîmes une autre rangée de cellules. Avec Miss et les prêtresses Sârs. Elles étaient donc ici. Attachées et nouées comme les membres du Cercle de la Tortue. Exposées à l'œil lubrique de celui qui menait les opérations. Le chien m'a secoué. Ce n'est pas le moment. Recule.
Ils firent sauter les verrous et l'on vit une armée de femmes fébriles et nues s'élancer dans les couloirs. Prêtes à mener une vendetta définitive.

Où est l'Allemand ?

Il était là. Armé comme un cosaque. Entouré de sbires et de mercenaires. Hilare et drogué. Tenant dans sa main la tête de Mario. Et hurlant au monde entier sa haine et son mépris. Cela lui fut fatal. Mes restauratrices le fusillèrent et il s'écroula en bavant. Ainsi que ses complices.

Mario ! Mario aux cheveux d'or à la démarche féline

Mario qui fut la plus belle de toutes les femmes que j'ai connues.
Mario.

XXXIV

Nous avions la victoire, mais nous avions aussi la peine.

XXXV

Natacha a ouvert la main. Au creux de sa paume était dessinée une tortue grecque. Elle caressa les cheveux de Miss. Puis lentement lui déplia les doigts. Au cœur de ce vallon brillaient les lignes du mystère.

Elles firent se fusionner les forces de vie. Et soudain chacun des sillons se transforma en tracés de la carapace. Natacha sourit. Et les yeux absents se voilèrent. Sur le sable elle grava une empreinte inconnue.

L'ancienne formule se métamorphosa.
Le R= W+H*K était devenu « Rêve de wagonnet se réalise à l'heure du Kagou…. »
Voilà dit-elle nous avons résolu l'énigme.

L'énigme, résolue ?
Et oui. L'oiseau qui ne vole pas devient le signe de feu. Lorsque nous aurons trouvé la plume grise du Kagou nous pourrons écrire en lettres d'or le signal de la possession.
Je ne suis pas sûr de vouloir participer à cet élan. Ni toi ni personne. Nous allons seulement empêcher l'apocalypse. Il n'y aura pas de maître du monde. Mais il faut que tu rendes visite au Kagou.

XXXVI

Le Kagou est posté sur la roche. Il a déposé une plume sur un plateau d'argent.
Je vous attendais. Après les Mélanésiens et les Européens, les chiens les chats et les rats il ne restait qu'un dernier prédateur pour me faire disparaître définitivement.
Je ne suis pas là pour ça.
Je le sais et c'est pour cette raison que je vais vous montrer le livre. Je suis gris, je ne sais pas voler, mais je sais être le gardien du temple. Celui qui va mourir te salue. Il sautait sur place. De gauche à droite de droite à gauche.

Moi, cria-t-il, moi le *Rhynochetus jubatus*, moi je suis le dernier rempart de l'existence. Entre le soleil qui est né et celui qui va s'éteindre il y a ce canyon de la mémoire, ce précipice de la vie, cet interstice de l'amour.
Regardez moi, je suis pitoyable, huppé de nom mais pas de don, piètre volatile fixé au sol.
Pourquoi m'a-t-on pourchassé ? A cause de ma faiblesse ou à cause de mes savoirs ?
Parfois vous me faites penser à la sorcière.
Je suis comme elle dans le soupir d'une conscience qui ne vient jamais à bout de vos arrogances.

Et de déterrer un immense livre de sous le granit néo-calédonien.
A vous de juger.
Magnifique exemplaire d'un traité inconnu. Vestige des sumériens arrivés ici par miracle. Il l'ouvrit. Il faut tracer dans la chair du vélin les mots de la formule. Il me regarda en fronçant les sourcils, méfiant.
Le voulez-vous ? Non, je ne suis pas intéressé par l'énergie absolue.
Alors qu'elle brûle !
Et refermant le livre il jeta la plume qui prit feu et embrasa le papier.
Les paroles restent, les écrits partent en cendres. Et quant à vous, que seules les jupes passionnent, repartez les contempler dans les brillances de l'attente. Bons vents. Bons vents. Et faîtes attention à ne pas trop user vos pattes sur le sol inhospitalier.
Des fous que vous êtes et que nous sommes qui sait qui vivra le dernier.

Dans son coin le chien observait la scène d'un air distant.

Vanité, tout n'est que vanité.
En nous dépêchant nous pouvons encore attraper le vol de treize heures.
Dépêchons nous.

XXXVII

Les pistes de l'abîme sont parsemées d'épines. Celles fleuries des senteurs envoûtantes ; celles acérées des douleurs immortelles ; celles enfin peuplées de délires inhumains. Le Cercle de la Tortue n'existe plus. Il s'est dissous dans la secte Vaglou. Natacha et Miss ont décidé que je prendrais la tête des troupes.

J'aime les fées et les sorcières, les diablesses et les nymphes, les brûlures de l'esprit quand il s'abreuve aux joies de la peau. Mais par-dessus tout j'aime ce repli du tissu quand il n'est que le mensonge de la parure et le dévoilement de la présence charnelle. J'aime ces jupes qui s'incurvent au cœur de l'histoire. Partons me dirent-elles. Nous avons mérité le repos. Et nous partîmes.

Le chien a retrouvé sa compagne. Il l'observe d'un œil attendri et dubitatif. Ce qu'il faut de soupçons généreux pour anoblir le projet un peu coupable des amazones fiévreuses.

Composition
et photo de couverture :
par V.D.

Cet ouvrage a été achevé d'imprimer
le seize mai deux mille huit
dans les ateliers de Repro-Center
43 avenue du Général Horne
à Valenciennes

Dépôt légal : juin 2008